I0551144

DIALOGUE

DE LA

SAMARITAINE

AVEC LE

GRENIER A SEL,

ET

LA FABLE

DU SAPIN, ET DU BUISSON.

A ROUEN,

Chez HENRY FRANÇOIS VIRET,
ruë aux Juifs, devant le petite porte
de l'Hôtel de Ville.

M. DC. XCII.
Avec Permission.

SAMARITAINE

ET

LE GRENIER

A SEL.

ENTRETIEN.

LE GRENIER A SEL.

HE bien ma réjouissante & renommée Voisine, ayant autant *devisé*, que tu as fait toute la journée, serois je bien venu à te demander ce soir un quart d'heure de conversation ?

LA SAMARITAINE.

Qui est-ce qui me parle ?

LE GRENIER A SEL.

Ne me reconnois-tu pas à ma voix ?

LA SAMARITAINE.

Ah ! c'est le *noble* & venerable Grenier à Sel.

LE GRENIER A SEL.

A ton service : Que fais-tu donc là ? Je pense, Dieu me pardonne, que tu lave la lexive à l'heure qu'il est ;

LA SAMARITAINE.

Voilà bien débuté ; Il faut que tu ne sois encor guere défalé , d'avoir des pensées si éloignées du bon sens.

LE GRENIER A SEL.

Que diable fais-tu donc de cette Eau , qui joue auprés de toy , puis qu'il ne passe plus personne pour prendre le plaisir de la voir ?

LA SAMARITAINE.

Ne vois-tu pas avec tes yeux de Chat-huan, que je fais l'épreuve de quelques jets d'eau nouveaux , dont je veux décorer ma fontaine le jour que l'on chantera le TE DÉUM pour la prise de Namur ?

LE GRENIER A SEL.

Tu veux donc te signaler ce jour-là?Et tu accompagneras sans doute , ces saillies hidroliques de ton carillon échapé de Flandres ?

LA SAMARITAINE.

Et quoy donc ! Etant aussi fidele au Roy , que je la suis depuis si long-temps ; & ressentant dans mon cœur toute la joye imaginable de la prosperité de ses armes ; je te laisse à penser si je demeureray les bras croisez , pendant que tout le peuple fera des réjouissances. Et toy que médite-tu de faire ce jour-là ?

LE GRENIER A SEL.

Moy ? gardé , verouillé , & cadenassé comme je suis , que veux-tu que je fasse ? J'ay beaucoup d'artifice , & n'ay pas la liberté de m'en servir , dont j'enrage. Dis moy , as-tu vû la Relation de la prise du Château , & peux-tu m'en instruire ?

LA SAMARITAINE.

Non, je n'ay encore veu que celle de la
Ville, qui est tres-belle, & bien décrite.

LE GRENIER A SEL.

Par quel Autheur ?

LA SAMARITAINE.

Par celuy du Mercure galand.

LE GRENIER A SEL.

Bon ! je croy que c'est quelque chose de
beau : Eh ! morbleu, si tu es curieuse d'une
belle & fine maniere d'écrire, il faut voir le
Dialogue de Pasquin & de Jacquemard, avec
la Fable du Rossignol & du Coucou ; C'est
ce qu'on apelle du nanan superlatif.

LA SAMARITAINE.

Je les ay tant veus ; les Biblotheques de
Pont-neuf en sont lardées.

LE GRENIER A SEL.

Hé bien qu'en dis-tu ? En les lisant, ne
mordois-tu pas à la grappe ?

LA SAMARITAINE.

Si j'y mordois ? Je les ay si bien mordus,
avalez & digerez, qu'ils ne me reviennent
point. Où y trouve-tu le mot pour rire ?
Etoit-ce la peine de fabriquer une Fable au
faux coin, pour la si mal apliquer ? & au bout
de tout cela, à quoy bon ces sortes d'ouvrages ? En verité, il faut que la guerre soit terrible, quand les Loups se mangent l'un l'autre. Quel plaisir trouve-tu, de voir deux

hôtes celebres du Parnaſſe, à qui le Roy donne chacun un logement *gratis*, & une penſion, ſe déchirer, & s'arracher le blanc des
yeux ?

LE GRENIER A SEL.

Il faut que tu ayé trop bû d'un coup de ton
eau de puits fade, & que tu en aye le cerveau
broüillé, car tu ne ſçais ce que tu dis. En premier lieu, l'Autheur de la Fable du Roſſignol
n'a point de penſion du Roy, quoy qu'il en
merite bien une.

LA SAMARITAINE.

Je le dois mieux ſçavoir que toy ; puiſque
le Boulanger ſe ſert tous les jours de mon eau
pour la pétrir.

LE GRENIER A SEL.

Paſſe donc pour cet article, mais pour le
ſecond où tu dis qu'ils ſe déchirent l'un l'autre ; tu conviendras qu'il faudroit pour cela,
qu'ils fuſſent de force égale ; & tu vois auſſi
bien que moy, que l'un eſt un Champion,
lequel preſente valeureuſement le Combat à
l'autre, qui le fuit avec autant de vigueur,
qu'en eût jamais le plus ſignalé pagnote d'entre les mortels.

LA SAMARITAINE.

Hé bien, ne trouves tu pas que ce ſoit un
avantage d'avoir la liberté de fuir ? l'autre
voudroit de tout ſon cœur, ſe trouver en pareil cas, pour ſortir de ſon étuy de chagrins :
il ne ſeroit peut-être plus ſi méchant. Je voy
tous les jours ſur le Pont-neuf, des gens qui
ſe font tenir à quatre ; & des qu'on les lâche,

deviennent pacifiques , & fe laiffent battre comme des fufils d'Allemagne.

LE GRENIER A SEL.

La comparaifon cloche comme ton caril-lon ; Il n'eft pas queftion entre des Poëtes, de fe battre à coups de poing , ny à coup d'épée; mais de joûter avec des Ecrits élegans, pleins d'énergie, d'érudition & de fel.

LA SAMARITAINE.

Voilà de grands mots, & fur tout le fel, que tu mets à toute faulce ; Tu ne fçaurois dire trois paroles fans vanter ta marchandife ; & je m'étonne qu'étant fi plein de fel , tu fois fi corrompu.

LE GRENIER A SEL.

Parles peu , & parles bien ; Tu ne connois pas la vertu de cette manne & la force qu'elle donne aux Autheurs ; Celuy de la Fable du Roffignol en a bonne provifion, & tu feras bien furprife lors que d'un feul grain tu le verras écrafer fon ennemy , & le rendre plus plat qu'un fromage de Brie.

LA SAMARITAINE.

Nôtre-Dame ! il faudroit que ce grain fut bien gros ? Hé ! mon, voifin, n'allons pas fi vîte en befogne, cela ne s'amanche pas comme une ferpe.

Le Geant Goliat , terrible fur la terre,
Qui croioit avaller avec un grain de fel ,
Un petit Paftoureau (depuis Roy d'Ifraël)
Reçût de cet Enfant un mortel coup de pierre.

8

Sur un tel exemple, cet Autheur qui par sa provision de Sel, se croit si formidable, ne doit point mépriser son ennemy, que la prudence seule entraine à la fuite, il pouvoit bien à la fin, se revancher, à le picquer d'un petit grain de moûtarde, plus dangereux que tout son Sel

LE GRENIER A SEL.

Tu as raison, c'est une graine dont il peut bien se défendre, car de tout ce qu'il fait, on en va à la moûtarde.

LA SAMARITAINE.

Prends garde à ce que tu dis, & n'offense pas le Maistre de ton logement : C'est un Prince qui ne se méprend pas, & la distinction du bon, & du mauvais, lui étant si familiere, il ne donne pas à cet Auteur une pension considerable & un joli logement dans son Louvre, pour des prunes ; le traiteroit-il si favorablement, s'il ne trouvoit du merite en sa personne, & en ses ouvrages ? Vois-tu, les Marchands ont des étoffes de diverses couleurs, pour contenter chacun, selon son inclination ; de même chaque genre d'écrire, trouve ses partisans, la satyre, & l'invective accommodent les gens déreglez comme toy, & le serieux plaist aux sages.

LE GRENIER A SEL.

Non Morbleu, je n'aprouveray point tes raisons, & je soutiens qu'un ouvrage sans sel, ne vaut pas un clou à soufflet.

LA SAMARITAINE.

Il n'en faut pas aussi tant mettre, qu'il ne devienne acrimonieux & n'attire à l'assaison-

neur-

neur quelque poignée d'incommodité, comme
il advint jadîs au maiftre d'un Cabaret fitué
dans mon voifinage , où je vois tout ce qui fe
paffe. Il faut que je t'en recite l'hiftoire quoy
qu'elle foit ancienne.

> Sur la terraffe faite exprés ,
>   Pour mettre les Buveurs au frais ,
> Je vis de rejouis une troupe feconde ,
>   Entourer une Table ronde :
> Chacun goûte le vin , & boit cinq, ou fix coups,
>   En attendant le fouper qu'on aprefte :
> On fert une heure aprés, les mets, & les ragoufts,
> A l'inflant d'y tafter , chacun fe fait de fefte ,
> Tant un vif apetit , lançoit fes traits ardents ,
>   Sur cette Bachique milice ,
> Que dans un jeu de boulle ayant fait exercice ,
> N'afpiroit qu'à combatre, & faire feu des dents,
> Mais le Cabaretier cherchant fon avantage ,
>   Dans le grand debit de fon vin ,
> Pour exciter à boire , avoit à double eftage ,
>   Sallé tous les plats du feftin ,
>   Si bien que la trouppe affamée ,
>   Se trouvant la gorge enflamée ,
>   D'une infuportable acreté ,
>   Ayant d'ailleurs l'ame chagrine ,
>   De fentir une faim canine ,
>   Et de voir le fouper gafté ,
>   Se plaint , jure, crie & tempefte ,
> Le maiftre vient au bruit, & foutient fierement,
> Qu'on a tort de blamer fon affaifonnement ,
>   Prend le ton haut , & fait la befte ,
> Ces gens deja fachez de ne pouvoir manger ,
>   Se voyant encore outrager ,

B

Enfin perdirent patience :
Le plus prompt indigné d'une telle insolence,
Luy fronda le plus large plat,
Et d'un coup dangereux dessus sa teste nuë,
Qui de trente Soleils illumina sa veüe,
Sur le plancher, la renversa tout plat.

C'est ainsi que le Cabaretier fut guerdonné de son trop de sel, aussi ne dois-tu pas être surpris, de ce que cet Auteur de hautgoût pour en avoir.été trop prodigue, particulierement dans les saulces acres, & mordicantes, qu'il a faites en Portugal, à Rome, & ailleurs en ait été recompensé par une honteuse deffense d'écrire, & jouïsse presentement du même sort, qu'eust la femme de Loth, qui étoit tout de sel, & ne parloit plus.

LE GRENIER A SEL.

Tu manges volontiers, à ce que je vois, les melons, & les cerneaux comme la terre les donne, car tu me parois bien ennemie du Sel, & c'est toy sans doute qui fournis l'eau pour dessaller la moruë & le hareng.

LA SAMARITAINE.

Ne blâme point tant mon eau, tu ne sçaurois avec ton sel que tu vante tant, faire sans elle une bonne saulce à un lapin de garenne, & tout insipide que tu la trouve, tu m'avoüeras qu'elle a la vertu de moderer bien des passions effrenées, & des cerveaux fougueux, si ton Auteur en détrempoit un peu son sel, il la trouveroit d'un grand secours, & n'auroit pas tant de mépris pour elle.

LE GRENIER A SEL.

Oh? qu'il n'a garde il en diminueroit la
force, où confiste tout son merite.

LA SAMARITAINE.

Apparemment que pour la conserver, il fait
le Diogene, dans l'un de tes minots: Mais
comment se peut-il, que le sel qui est le sim-
bole de la prudence, estant si fort de ses amis,
ne l'a pas rendu sage?

LE GRENIER A SEL.

Et quelle folie a-t'il faite?

LA SAMARITAINE.

En ton advis? qu'avoit-il affaire de reveiller
le chat qui dort. & d'attaquer impudemment
le Roy de Portugal qui (pendant que toute
l'Europe est en armes contre nous) se tient
neutre pour ne nous pas nuire?Voilà ce qu'on
appelle une rage de parler.

Je ne luy pardonnerois pas,
Une si temeraire audace:
N'estoit qu'il descend de la race,
Du deffunt Barbier de Midas.

LE GRENIER A SEL.

Je ne trouve pas qu'il ait si grand tort,
pourquoi pendant une guerre presque univer-
selle, ce Prince demeure-il en letargie, au
lieu de se declarer en nostre faveur?

LA SAMARITAINE.

C'étoit merveilleusement bien trouver le
defaut de la Cuirasse,& le moyen étoit infail-
lible,de couvrir de sobriquets & d'injures une
Teste couronnée, pour lui faire prendre nôtre party;Voilà un trait de politique sublime

& une prevoyance admirable , c'eft Machia-
vel tout pur : comment cet Auteur, qui eft un
fi grand conteur de fables , n'a-t'il pas plutoft
fuivi la leçon que lui fait le Renard lors qu'il
donne des loüanges à la Corneille, pour avoir
fon morceau de fromage, en donnant à ce prince les loüanges qu'il merite, c'étoit un moyen
plus apparent pour obtenir fon fecours.

LE GRENIER A SEL.

Crois-tu que quand un Auteur s'applique à
compofer quelque piece divertiffante, il s'em-
baraffe de raifon politique ?

LA SAMARITAINE.

Je vois bien que celui là ne fait pas de grandes reflexions , & qu'il va plus vifte de la
main que de la tefte. Cependant il expofoit la
France à fe voir un ennemi de plus , dans le
Roi de Portugal, car fi ce Prince n'avoit pas
connû fa prudence, & la fageffe du Roy, &
qu'il n'eut pas été informé peu de tems aprés,
que Sa Majefté avoit impofé filence à cet Auteur , il auroit pû croire avec raifon que la
permiffion qu'elle lui auroit laiffée d'écrire ,
étoit une approbation de fes impertinences.

LE GRENIER A SEL.

Bon ! le Roy de Portugal ne fçait-il pas ,
qu'elle eft la licence des Poëtes , & que nôtre
Monarque a bien d'autres affaires , que de
feuilleter les Ouvrages du Parnaffe , & faire
taire un Poëte ?

LA SAMARITAINE.

Quelques grandes, & nombreufes que foient
fes affaires , il fçait tout, jufqu'aux minuttes,
& y donne ordre fans s'embaraffer , ton Auteur,

teur , comme tu ſçais , en a fait une facheuſe
épreuve.

LE GRENIER A SEL.

Il eſt vray que la pénétration du Roi eſt
ſurprenante, mais ſi elle arrive juſqu'aux Ecri-
vains, d'où vient qu'elle ne deffend point à
ce froid Auteur de couvrir Paſquin d'un habit
ſi triſte , & lui donner un ſtile ſi mortifié que
perſonne ne le reconnoît ?

LA SAMARITAINE.

C'eſt qu'il a tant dit de ſottiſes en ſa vie,
qu'il eſt tems de le rendre ſage, & quand tu
ſeras accoûtumé à ſa modeſtie, qu'avec un
langage épuré, il t'inſtruira à fonds de ce que
tu ſeras curieux de ſçavoir, tu ne chercheras
plus à le voir dans ſon équipage ſatyrique.

LE GRENIER A SEL.

Paſquin n'eſt pas mon homme, quand il n'y
a point de ſel dans ſon entretien.

LA SAMARITAINE.

Ne pred point tant le parti du Sel; celuy
dont ſe ſert cet Auteur piquant n'eſt pas de ta
Gabelle ; il ne faut pas prendre Martre pour
Renard ; tout ce fatras de ſa lire mordante,
d'invectives, de collibets & de Turlupinadés,
dont il farcit ſes entretiens, voile la verité, &
enjolive le menſonge, eſt ce qu'il appelle ſon
ſel : ainſi tu vois bien que l'Apotiquaire y a
plus de part que toy, & que ce n'eſt autre cho-
ſe que du ſelpêtre, & du ſel de vipere, dont
il aſſaiſonne le diſcours de Paſquin, au lieu
que l'autre Auteur ne lui fait dire en bon langage que ce qui eſt neceſſaire pour inſtruire le
Lecteur de la verité pure qu'il y cherche.

C

Le mensonge équipé d'habits facecieux,
A son abord surprend la veüe,
Et s'il fait rire une heure ou deux,
On retourne toûjours à la verité nuë.

En effet la verité sera toûjours preferée, &
pour la faire voir faut-il tant de subtilitez,
d'équivoques, d'allusions, de comparaisons ti-
rées par les cheveux, de phrases chevillées, de
demy mots usurpez, & collez ensemble pour
composer un quolibet de nouvelle fabrique;
c'est semer le froment au milieu de l'yvroie
qui l'étouffe, & estropier la naïveté d'une
histoire.

LE GRENIER A SEL.

Hé fy ! La naïveté ? Ne sçais-tu pas que
ç'a esté de tout tems l'objet de la raillerie ?
Avoüe que le stile enjoué est celuy qui enga-
ge le plus à la lecture, & divertít le mieux,
pour moy quand je ne devrois jamais aprendre
la verité d'aucune histoire, je n'en lirois point
d'autre s'il continuoit d'écrire : fy, fy, de la
naïveté, ne me parle point d'un stile simple
comme le rabat d'un Cuistre.

LA SAMARITAINE.

Je conviens avec toy, que les écrits de ton
Auteur, ont tant d'enjoüemens qu'ils sont di-
gnes d'estre mis dans une Bibliotèque, & n'y
doivent pas tenir un moindre rang que Brus-
cambille, Gratelart, Buscon, le Seigneur des
Acords, & autres Auteurs de cette trempe
pour divertir l'esprit, aprés une longue appli-
cation à lire de meilleures choses, & faire le
même effet d'une farce boufonne aprés une

Tragedie de Vers pompeux , de laquelle les
tendres ont tiré des larmes , des spectateurs.

LE GRENIER A SEL.

D'où vient donc, que le monde y couroit
comme au feu, & qu'il n'eſtoit fils de bonne
mere , qui n'en voulut avoir ! Voila ce me
ſemble une preuve convainquante du merite
de ces ouvrages laquelle te doit fermer la
bouche , à moins que tu ne veuille t'obſtiner ,
à eſtre ſeule de ton ſentiment.

LA SAMARITAINE.

Tout le monde y couroit ? Eh ! mon voiſin
excepte en du moins ceux qui ne ſçavent pas
lire , ſi tu voulois examiner ſans prévention de
qu'elles gens étoit compoſées la foule de ces
coureurs je ſuis ſure que ton enteſtement ſeroit plus de moitié decramponné , lors que tu
n'y trouverois que de la folle jeuneſſe qui ne
demande qu'à rire , ſans s'apliquer à la diſtin-
ction du vray , du faux , du bon , & du mauvais , & s'il s'y rencontroit de gens d'âge à
eſtre bien cenſez tu verrois que ce ſont des
ſatyriques , donc l'eſprit ſimpathiſe avec celuy de l'Autheur.

LE GRENIER A SEL.

Supoſé que cela ſoit , ton Autheur ingenu
n'a pas l'avantage de voir un pareil empreſſement à la lecture de ſes ouvrages , car ne fai-
ſant que des grandes boutiques , qui ne voyent
jamais le jour , perſonne n'a la charité d'em-
ployer ſon argent à délivrer de tels priſon-
niers , & ſi le pauvre Libraire qui s'en charge
attendoit à vivre du gain qu'il y fait , il iroit
ſouvent ſe coucher ſans ſouper.

C 2

LA SAMARITAINE.

Si au lieu de ton seul estage écrasé & enfon-
cé moitié dans terre tu en avois cinq, ou six
bien exaucez, pour voir comme moy les gens
qui vont au palais, chercher de ces ouvrages
serieux, tu chanterois bien-tost la palinodie, &
tu conviendrois par le nombre des personnes
qui les achettent, que le debit qui s'en fait
passe de beaucoup celuy de ce fatras de forfan-
teries : crois tu, un Libraire assez fat de s'en-
gager tous les mois à faire de grands frais,
pour une impression inutille ? S'il y avoit esté
attrapé une fois, tu peux bien juger que pour
rendre service à l'Autheur il n'auroit pas con-
tinué jusqu'à present, des impressions dont il
n'auroit trouvé la recompense qu'à l'Hospi-
tal.

LE GRENIER A SEL.

Il se peut faire, que depuis que l'Autheur
enjoué n'ecrit plus, l'autre triomphe, & trouve du debit de sa plate marchandise, aux avi-
dens Lecteurs curieux des affaires du temps,
par la necessité de se passer de celle de l'autre ;
& comme dit la Chanson, Quand on n'a pas
ce que l'on aime, il faut aimer ce que l'on a.

LA SAMARITAINE.

Tu chante mieux que tu ne raisonne, quand
ton Auteur bouffon a parlé des affaires du
temps avec cet enchevestrement de brocards,
de mots frisez & d'enjolivures de faux or,
ces curieux ont-ils pû y voir precisement le
vray dans sa pureté, comme on le trouve dans
les écrits de l'autre ? Il s'attache plus à faire
rire qu'à instruire, & je gage que lors qu'il a

falé quelque periode d'invectives & de sobriquets burlesquement tournez adaptez à des
puissances, sans respect de leurs caracteres, &
de leur dignité, il se narcisse plus de quatre
fois dans son miroir.

LE GRENIER A SEL.

C'est ce qu'on appelle la fine maniere d'é-
crire, que de sçavoir brocarder en riant, sans
trop s'embarasser de parler juste, & quand on
la possede aussi-bien que cet Autheur, il est
difficille de ne se pas donner de l'encens à
soy-même.

LA SAMARITAINE.

Il ne craint gueres que la trop grande quantité luy fasse mal à la teste, puisqu'il s'en
donne à cœur joye, jusques sous les charniers
de S. Innocent.

LE GRENIER A SEL.

Tu veux aparement parler de son portrait,
qu'il a fait graver. Est-ce qu'on t'a dit qu'il y
étoit?

LA SAMARITAINE.

J'en ay entendu dire quelque chose, & l'on
m'a même recité les quatre vers Latins écrits
au bas, que sa presomption luy a dicté, pour
servir d'autant d'échelons à son orgueil, on ne
sçauroit les lire sans croire qu'il expose ce
portrait en public, afin qu'on l'adore à l'imi-
tation de Nabucodonosor.

LE GRENIER A SEL.

Ce n'est point là sa pensée, mais comme c'est
le Xenophon d'aujourd'huy, & qu'il est per-
suadé que chacun est bien aise de le connoî-
tre, soit en original, ou en portrait, il le don-

C 3

ne pour satisfaire à l'empreſſement que l'on
en a.

LA SAMARITAINE.

Le Xenophon d'aujourd'huy, ha, ha, ha,
tu me fais trop rire.

Si jadis Xenophon en mettant en pratique
L'Art de faire d'excellens Vers,
S'attira de tout l'Univers
L'illuſtre nom de Muſe Attique;
Cet Auteur d'aujourd'huy ſi plein de vanité,
Ce nouveau Xenophon en ſonge
Qui n'a dans le Cerveau nulle fecondité,
Que lors qu'il boit comme une éponge,
Et qu'un fumet chaud, & vineux,
D'un anthouſiaſme fougueux
Reſtaure ſa debile veine,
Merite bien doreſnavant
Que pour illuſtrer ſon talent,
On l'apelle Muſe Origienne.

LE GRENIER A SEL

Hé bien s'il boit, ce n'eſt pas à tes dépens,
puiſque le vin luy eſt ſi ſecuorable. Il a raiſon
de ne pas ſe l'épargner, il n'en eſt pas moins
habile homme, & ſon portrait n'en eſt pas
moins recherché.

LA SAMARITAINE.

Oh! pour le portrait de ton Xenophon de
Goneſſe, il me réjoüit, il faut que je te diſe de
quelle maniere on l'a veu placé ſous les Charniers.

LE GRENIER A SEL.

Il eſtoit peut-eſtre au milieu d'un eſtalage,

de quantité d'Images, comme font bien d'autres portraits.

LA SAMARITAINE.

Ouy, bien, mais auprés, & en paralelle de celuy de cette Dame, dont la pieté à tant fait de bruit, ha, ha, ha, il femble qu'il ayt affecté de faire le fien de méme grandeur, & d'une attitude choifie pour compofer un regard ; que dis-tu de cet affortiment ?

LE GRENIER A SEL.

Moy ! je dis qu'étant deux perfonnes de merite, ils ont affez de raport, en quoy trouves-tu, qu'ils foient fi mal enfemble, pour te faire tant rire ?

LA SAMARITAINE.

En rien : le portrait de Neron, fe met bien au rang de celuy d'Augufte; Eh que de momerie inutile, il auroit bien mieux valu pour luy qu'une bonne groffe fluxion fur la machoire de fa Mufe fatyrique, l'eût obligé de porter fes dents au Magazin de nôtre voifin Carmeline, il y auroit trouvé plus d'avantage, que dans toute cette vaine gloire burinée.

LE GRENIER A SEL.

Tu appelles des coups de dents, les endroits les plus charmans de fes ouvrages, toutes ces penfées fpirituelles, & ces tours ingenieux & plaifans qu'il y donne, & moy je trouve que ce font des faillies agreables qui partent du grand feu, dont fon efprit eft compofé, & tu m'avouëras qu'un Auteur plein de feu, eft mille fois plus eftimé qu'un Auteur de neige.

LA SAMARITAINE.

Nous ne fommes ny du tems, dy du pays de

Nembrod, où l'on adoroit le feu, & celuy de ton Auteur, quelque grand qu'il soit étant aussi mal conduit qu'il l'est, ressemble, au Char du Soleil mal guidé par Phaëton : s'il s'étoit coeffé de la calote de plomb de Janus, & qu'en l'imitant il eut regardé le passé & l'avenir, il auroit prévû le danger, où la jetté cette enciclopedie de sciences infectées dont il est devenu tellement bouffy, que le char dans lequel il a voulu s'élever, s'est trouvé trop foible pour le soûtenir, & le garantir du precipice où il est tombé ; j'engagerois ma Fontaine, mon Orloge, & mon Carillon, que si tu l'avois veu travailler, tu aurois été témoin du retranchement, que la crainte d'estre réprimandé luy faisoit faire, de deux fois plus d'impertinences qu'il n'en laissoit voir au public, tant il en a la teste remplie par ce grand feu, & que si on luy commandoit d'écrire sans y en mettre, tu verrois pour le coup un stile plus propre à faire vomir, que toutes les drogues de la Pharmacie.

LE GRENIER A SEL.

Quelque méchant qu'il fût, il ne pourroit jamais l'estre tant que celuy de cet Auteur gelé, qui donne le rhume à ses Lecteurs au plus chaud de l'Esté.

LA SAMARITAINE.

En as-tu esté enrhumé ?

LE GRENIER A SEL.

Non, car on m'a fait un avant goust si détestable de ses ouvrages que je n'ay jamais voulu y mettre le nez de peur d'en estre empesté.

LA

LA SAMARITAINE.

Comment ! toy qui vois tant de monde, & chez qui il se fait de nombreuses assemblées deux fois la semaine, & quelque fois, trois, de ces gens de bon goust, dont les conferences, les discours, & les écrits sont si pleins de Sel, tu n'est pas plus judicieux que de condamner des ouvrages, que tu n'as jamais vûs, n'as-tu pas de honte ?

LE GRENIER A SEL.

N'as-tu point de honte toy même, qui n'entend tous les jours sur ton Pont neuf, que des chansons de Pierre Bagnolet, de j'endors le petit, & de la mort déplorable de quelque pendu, de vouloir decider de la bonté, ou des deffauts d'un ouvrage ?

LA SAMARITAINE.

Quelque fois à la verité de telles badineries me divertissent, mais ce n'est pas là mon école.

LE GRENIER A SEL.

C'est donc celle, où l'on vend des cotrets, dont tu ez si proche voisin en laquelle on voit entrer tous les matins en classe, des Philosophos cornus, qui vont ensuite faire leurs thémes, entre deux trétaux : car n'ayant jamais branlé de ta place, tu n'as pas esté boire an Val d'Helicon de l'eau divine des sçavans ?

LA SAMARITAINE.

J'en ay bien affaire ; en buvant de l'eau que je répends, je puis parler sainement de toutes choses, & pour te convaincre que je me connois en ces sortes d'ouvrages, prends la lecture de ceux de l'Auteur que tu méprises, & si tu

D

n'y trouve pas un beau françois, un ſtille de
bon gouſt, coulant & agreable, une expreſ-
ſion facile, & nette, les periodes bien tour-
nées, beaucoup de juſteſſe, d'elegance, &
d'erudition, point de colibets ny de paroles
offençantes, & enfin le beau langage dans ſa
pureté, je te permets de me regarder comme
une teſte ſans cervelle & ſans eſprit, & ſans
jugement, & de me le dire à mon nez en plain
Pont neuf.

LE GRENIER A SEL.

Je veux que ce que tu dis ſoit vray, mais ma
maniere d'écrire n'eſt point propre à faire parler Paſquin, dont le nom n'eſt fameux que par
la raillerie, & la ſatyre : en luy donnant un ſtile
ſi peigné, c'eſt juſtement comme ſi l'on faiſoit
faire par Arlequin dans ſon habit de bouffon le
roolle d'un Empereur dans une piece ſerieuſe.

LA SAMARITAINE.

Un curieux des affaires du temps ne s'emba-
raſſe pas des noms ny des caracteres de ceux
que l'on fait parler, pourveu qu'il y trouve ce
qu'il cherche dans un langage intelligible : &
comme Paſquin n'oſe plus s'émanciper, depuis qu'il s'eſt veu mettre la main ſur le coller
chez Madame Rabat-joye, tu verras qu'il ren-
voyera ſon équipage ſatyrique en ſon païs na-
tal, & ſe ſervira du ſtile moderé de ce Sage
Autheur, Pour ne plus faire d'enemis.

LE GRENIER A SEL.

Dis pluſtoſt de cet Auteur rampant, car tu
m'avoüeras que l'autre s'éleve plus de cent
piques au deſſus de luy.

LA SAMARITAINE.

Cet Auteur fage vole avec moderation com-me Dedale, & l'autre avec ambition côme Icare, qui fe voulut élever cent piques au deffus de fon Pere, & en fut puny par le Soleil : Voilà dans cette Fable la figure jufte de la deftinée de ton Auteur, & s'il avoit imité la conduite de celuy dont il méprife les Ouvrages, & qu'il n'en eut pas fait de plus mauvais que les fiens, il n'auroit pas eu l'affront de fe voir arracher honteufement la plume de la main.

LE GRENIER A SEL.

J'ay toûjours oüi dire, que quand on a affai-re à une femme, on n'a jamais le dernier ; Bon foir.

LA SAMARITAINE.

Tu ez bien preffé, refte encore un moment, tu n'en feras pas faché.

LE GRENIER A SEL.

Je veux m'aller coucher, il eft tantoft mi-nuit.

LA SAMARITAINE.

En attendant qu'il fonne, je te veux reciter une fable de ce petit bofcot d'Efope qui con-vient le mieux du monde à nôtre converfation.

LE GRENIER A SEL.

Puis qu'elle vient d'Efope, je l'écouterai volontiers.

LE SAPIN,
ET LE BUISSON.

FABLE.

DAns un vafte jardin chery de la nature,
Où fa fecondité donne une ample moiffon,
Elle prenoit plaifir d'élever un Buiffon,
Qui de fes dons frequens payoit fa nourriture,
    Ce n'eftoit pas de ces Buiffons
      Qui (lorfque les gens en aprochent)
      Avec de malins hameçons,
      Déchirent l'habit qu'ils acrochent.
Mais c'étoit un Razier, beau bien fait, bien planté
      Qui rendoit chaque mois éclofes
      D'agreables & fraifches rofes,
      Auffi bien l'Hyver que l'Efté.
Ce jardin au public fervant de promenades,
Tout le monde couroit à ce Rofier fleury;
Des gens de meilleur gouft il fe voyoit chery,
Et chacun luy jettoit d'amoureufes œillades;
      On aimoit fes fleurs à la Cour,
      Chez les grands Seigneurs, chez les
      Et les Villes & les Provinces   (Princes,
      En vouloient avoir à leur tour,
Enfin fa bonne odeur le rendroit fi celebre,
      Et fes fleurs avoient tant d'appas,
Que l'on en transportoit, jufques dans les climats
      Du Tage, du Tibre, & de l'Ebre,
      Et peut-eftre fe faifoit-il,
Que l'on n'en privoit pas le Gange ny le Nil.
                     La

Le Maistre du Jardin genereux, mag-
   nanime,
Qui de cet arbrisseau connoissoit la vertu,
Destina (pour marquer qu'il en faisoit esti-
   me)
A le bien cultiver un certain revenu,
Il avoit en Esté de l'eau rafraichissante,
Au Printemps son labour, & toutes ses fa-
   çons,
En Hyver du fumier, & de bons paillas-
   sons
Sous lesquels il narguoit la froidure pic-
   quante ;
      Chenilles, fourmis, pusserons
      Limas, freslons, guespes, rytons,
      Ne lui declaroient point la guerre
Sans en estre punis d'une cruelle mort :
La Taupe, & le mulot couroient le même
   sort
Dés que vers sa racine ils remuoient la terre,
Bref cet heureux Buisson, étoit si bien traité,
      Choyé, conservé, dorlotté,
      Que sa douce & tranquille vie
Ne dura pas long-tems sans attirer l'en-
   vie,

   Auprés de ce buisson, dans le même
   jardin

               E

Eſtoit un aſſez beau Sapin,
Qui s'eſtoit formé d'une graine
Que quelques mauvais vents, des païs
montagneux
Proche-voiſins de la Loraine
Avoient fait voler en ces lieux :
Il n'étoit regardé qu'avec indifference.
Neanmoins comme on aime en France
Ce qui s'apelle nouveautez :
Il arriva qu'un jour certain rêveur à gages,
De ces gens qu'on voit ſeuls marcher à pas
comptez,
Aux endroits les moins frequentez
Des ſombres, & frais jardinages.
Paſſant prés du Sapin, & baiſſant ſon re-
gard
Trouva ſous ſes pas par hazard ;
Des petits grains iſſus de ſa ſêve feconde,
Il en mit un ſur ſa langue à l'inſtant,
Et le trouva d'un goût le plus joly du monde,
Mais toutefois un peu piquant.
Il en fit grand recit, en diverſes ruelles,
Où l'on aime les bagatelles.
Et fit tant de progrés ſur les foibles eſprits,
Que chacun en voulut ſans s'informer du
prix.

La reputation de la graine nouvelle

Se repanair en peu de temps,
Et ceux qui paroissoient pour elle indifferens
Estoient, ce disoit-on, des têtes sans cervelle,
La mode d'en avoir vint jusques à la Cour,
Où quand la Rose avoit fait son office
Ce nouveau fruit entroit en lice
Et faisoit le sien à son tour.
Le Sapin glorieux de voir que tant de monde
Autour de lui faisoit la ronde
Pour amasser les fruits que produisoit son
bois.
Bien que sa séve fut bornée
A n'en produire au plus que trois fois en
l'année,
Il la força d'en donner tous les mois
Afin d'avoir un pareil avantage
Que le Buisson laborieux
Et par un trait d'orgueil qu'il avoit en
partage
Essaya d'élever sa tige jusqu'aux Cieux.

Bouffi d'envie & de superbe
Il méprisoit le Rosier son Voisin
Le regardant comme une méchante
herbe,
Indigne de tenir son rang dans un jardin,
Et poussant plus avant sa rage
A mesure qu'il s'élevoit

Eij

Tout d'un côté ses branches étendoit
Pour couvrir le Buisson d'ombrages,
Et le priver des rayons gracieux
Dont il étoit nourri par le flambeau des
Cieux,
Afin que sa vertu surprise de froidure
N'agissant plus que foiblement
Tombât dans un avortement
Et lui laissa l'affront d'être sans geniture.

Les méchans dont les soins au mal sont
adonnez
Ne voient pas plus loin, que le bout de leur
nez
La graine du Sapin, étoit déja piquante :
Neanmoins mille gens en faisoient leurs
plaisirs :
Cet Arbre audacieux poussé de vains desirs,
Voulut joindre à sa graine une gomme glu-
ante,
Dont il fit largement des liberalitez
Sans precaution ni mesure,
Des gens de tous estats en sentirent l'injure,
Grandeurs, Couronnes, Dignitez
Ne s'en virent pas exemptez,
Et cette aspre, & maligne espece,
En quelqu'endroit qu'il en fut répandu
Ne montroit pour toute vertu,

Que le propre, de mordre, & d'emporter la
piece
   Des personnes du premier rang,
Qui s'en étoient sentis outragez jusqu'au
sang,
   Respirans de telles atteintes,
   Une ample satisfaction
   En formerent de grandes plaintes,
Qui tournerent enfin à sa confusion.
Le Maître du Jardin ennuyé du murmure
Causé par trop d'orgueil de ce maître Sapin,
Pour ne plus se trouver en pareille avanture
   Envoya par un beau matin
   Chercher dans la forest prochaine,
Deux Bucherons munis de tranchans vi-
 goureux.
Qui de huit ou dix coups & sans prendre
 leur haleine
   Renverserent l'arbre orgueilleux.
Le Buisson délivré du méchant voisinage
   Du superbe, & jaloux Sapin
   Plaignit son malheureux destin,
Et rendit graces au Ciel, d'avoir été plus
 sage.

LA SAMARITAINE.

Hé bien que dis-tu de cette Fable ?

LE GRENIER A SEL.

Je l'ay vûë dans Eſope, mais il ne l'a pas tourné comme tu viens de me la reciter, la peſte que tu en ſçais long.

LA SAMARITAINE.

Tu vois par là, que mon Eau n'eſt pas ſi inſipide, que tu te l'étois figurée.

LE GRENIER A SEL.

Non de bonne-foy, de telle Eau eſt capable de diſſoudre tout mon Sel, Oh ! que je ne m'y frotte plus, bon ſoir & bonne nuit je vais dormir chopine à ta ſanté, à Rivederci.

LA SAMARITAINE.

Buon pro ti faccia.

www.ingramcontent.com/pod-product-compliance
Lightning Source LLC
Chambersburg PA
CBHW061614180626
46818CB00005B/2073